L'étoile de Noël

À Philippa — K.O.
Pour Carol, Cameron et Jeffrey — K.L.

Données de catalogage avant publication (Canada)

Oppel, Kenneth
   Follow that star. Français
L'étoile de Noël

Traduction de: Follow that star.
ISBN 0-590-16022-2

1. Jésus-Christ - Nativité - Romans pour la jeunesse.
I. LaFave, Kim. II. Titre. III. Titre: Follow that star.
Français.

PS8579.P64F6514 1996 jC813'.54 C96-930543-5X

Édition publiée par Les éditions Scholastic, 123, Newkirk Road, Richmond Hill
(Ontario) L4C 3G5, avec la permission de Kids Can Press Ltd.

5 4 3 2 1   Imprimé à Hong-Kong   6 7 8 9\9

L'étoile de Noël

Texte de
Kenneth Oppel

Illustrations de
Kim LaFave

Texte français de Christiane Duchesne

Les éditions Scholastic
123, Newkirk Road, Richmond Hill (Ontario) L4C 3G5

Zacharie n'était pas là lorsque les anges étaient passés.

Au pied de la colline derrière d'épais buissons, il comptait ses moutons en grommelant.

— Le pire métier du monde! murmurait-il. Vingt et un… vingt-deux… vingt-trois… des heures interminables, un maigre salaire… vingt-quatre… vingt-cinq…

S'il avait regardé derrière lui, il aurait pu voir un halo de lumière illuminer la colline, scintillant comme un millier de bougies.

S'il avait cessé de compter ses moutons une courte minute, s'il avait tendu l'oreille, il aurait entendu la douce musique des carillons et des hautbois.

Mais il ne s'était pas retourné.

Il n'avait pas écouté.

Et il avait manqué la visite des anges.

Lorsqu'il rentre au campement, Pierre et Benjamin ne sont pas là. Il trouve sur sa couverture, un mot disant :
Nous avons vu des anges. Nous partons pour Bethléem.

— Des anges! s'exclame Zacharie. Des paresseux, voilà ce qu'ils sont. Ils me laissent le troupeau sur les bras! Ils doivent dormir au chaud quelque part. Des anges, tiens!

Il s'assoit contre le pied de l'arbre et croise ses bras sur sa poitrine. Il souffle, il grogne, il ronchonne, Des anges! Il n'a jamais cru aux anges. De toute manière, il n'en a jamais vu.

Zacharie remarque pourtant quelque chose qui brille et qui scintille sur le sol, quelque chose d'aussi délicat que la rosée du matin. Sur les branches des arbres aussi… On dirait des gouttelettes de glace luisant dans la nuit.

Il avait entendu bien des histoires là-dessus, mais n'y avait jamais cru.

— Le souffle des anges… , murmure doucement Zacharie.

Zacharie sait qu'une chose extraordinaire vient de lui échapper. Lui n'a jamais vu d'anges, mais Pierre et Benjamin les ont vus.

Si ce n'était pas de ces idiots de moutons! Il regarde à l'horizon. À une dizaine de kilomètres au moins, Bethléem. Jamais Zacharie ne sera allé aussi loin.

Qui gardera les bêtes? Il ne peut pas les abandonner. Ce sont les moutons les plus idiots de la terre. Seuls, ils iraient n'importe où et pourraient se blesser. Et les voleurs de moutons! Il y en avait partout. Il devait emmener les moutons avec lui.

— Venez, moutons! crie-t-il en dévalant la colline. Nous allons à Bethléem.

La nuit est claire, les étoiles brillent dans le ciel. Zacharie, le coeur heureux, respire l'air pur à pleins poumons. Il s'en va voir les anges à Bethléem. Peut-être arrivera-t-il à rattraper Pierre et Benjamin? Ils feront le reste du chemin ensemble, tous les trois, en riant et en se racontant des histoires.

Bientôt, Zacharie a très froid et ressent une grande fatigue. Il essaie de bien mener son troupeau, mais les moutons avancent lentement et s'écartent du chemin. Certains marchent sur les sabots des autres, d'autres se donnent des coups de tête, ils vont dans toutes les directions. Ils oublient qu'ils sont moutons et bondissent comme des kangourous. L'un d'eux grimpe même dans un arbre, se perche sur une branche et se met à bêler bêtement.

— Ce sont les moutons les plus idiots de la terre! hurle Zacharie.

Devant lui, Zacharie aperçoit une auberge. Des lumières dansent derrière les fenêtres et Zacharie entend des voix joyeuses. Il y entre pour se réchauffer.

— Où vas-tu? lui demande-t-on.

— À Bethléem, répond-il. Pierre et Benjamin ont vu des anges.

— Des anges! s'exclament-ils. Ne nous dis pas que tu crois aux anges! À ton âge?

Zacharie rougit subitement.

— Je crois bien que oui, dit-il doucement.

— Le chemin est long jusqu'à Bethléem, disent-ils et le ciel se couvre. Reste avec nous.

Zacharie penche la tête. Il voudrait bien rester. L'endroit est chaud et confortable, et il est si fatigué. Soudain, un coup de vent ouvre portes et fenêtres. La pièce s'emplit d'un parfum étrange et merveilleux.

— Les anges, dit Zacharie. Ce ne peut être que l'odeur des anges.

Il bondit à l'extérieur et rassemble son troupeau. Il ira à Bethléem et pas ailleurs. Il veut voir les anges. À quoi peuvent-ils bien ressembler? Il ne peut plus attendre et marche à grands pas.

Puis, Zacharie s'arrête et se retourne.

— Bravo! grogne-t-il. Je me suis égaré.

— Il y a quelqu'un? fait près de lui une voix chevrotante.

Un vieil homme est couché, là, dans l'ombre, au bord du chemin.

— Je suis tombé, dit l'homme.

Zacharie court vers lui et l'aide à se relever. Le vieil homme ne pèse presque rien.

— Je te remercie beaucoup, dit le vieux. Dis-moi, qu'est-ce qu'un berger fait à cette heure-ci sur les routes?

— Je vais à Bethléem, répond Zacharie.

— Ce sera long, avec tous ces moutons!

— Je sais, soupire Zacharie. Ces moutons sont les plus idiots de la terre. Que puis-je faire? Il faut que j'en prenne soin. Je ne veux pas en perdre un seul. Connaissez-vous le chemin pour Bethléem?

— Pourquoi veux-tu aller à Bethléem? demande le vieil homme.

— Les anges, dit Zacharie. Les anges sont là-bas.

— Ne sois pas ridicule, dit l'homme. Les anges n'existent pas.

— Oh, oui! ils existent. J'ai vu les traces de leur souffle, j'ai respiré leur parfum et…

Le vieil homme sourit, montre du doigt un point dans la nuit.

— Suis bien cette étoile…

Zacharie lève les yeux. À travers les nuages, brille une énorme étoile. Zacharie connaît un peu les étoiles. C'est grâce à elles qu'il retrouve parfois son chemin, la nuit. Il sait aussi dire l'heure en les observant bien. Jamais auparavant, il n'en a vu de semblable.

— Merci, dit Zacharie.

Mais le vieil homme a déjà disparu.

Zacharie poursuit sa route à travers les vallées et les collines. Il suit le chemin que lui indique cet astre étrange, malgré le vent qui soulève la poussière. Zacharie traverse des villages endormis. Puis, il s'arrête au bord d'un ruisseau.

Lorsqu'il s'apprête à le traverser, les moutons refusent d'avancer.

— J'ai oublié, gémit-il, que mes moutons ont horreur de l'eau. Ce sont vraiment les moutons les plus idiots de la terre.

À ce rythme-là, il n'arrivera jamais à Bethléem.

— Je peux t'aider? fait une voix près de lui.

— Qui êtes-vous? demande Zacharie.

— Je suis menuisier, répond l'homme.
Il porte à la taille un sac de cuir rempli d'outils et tient
en laisse un âne chargé de planches.

— Mes moutons refusent de traverser le ruisseau,
lui dit Zacharie. Et il n'y a pas de pont en vue.

— Ne t'en fais pas! Nous en construirons un, dit
l'homme. Ce ne sera pas long.

Ils se mettent à la tâche. En un rien de temps,
Zacharie et le menuisier ont construit un petit pont
au-dessus du ruisseau.

— Je vous remercie, dit Zacharie. J'arriverai peut-
être à Bethléem!

— Bonne chance! lui souhaite le menuisier.

— Je ne vous ai pas déjà vu quelque part?
demande encore Zacharie.

La tête de l'homme lui dit quelque chose.

— Je ne le crois pas, dit le menuisier.
Suis bien l'étoile…

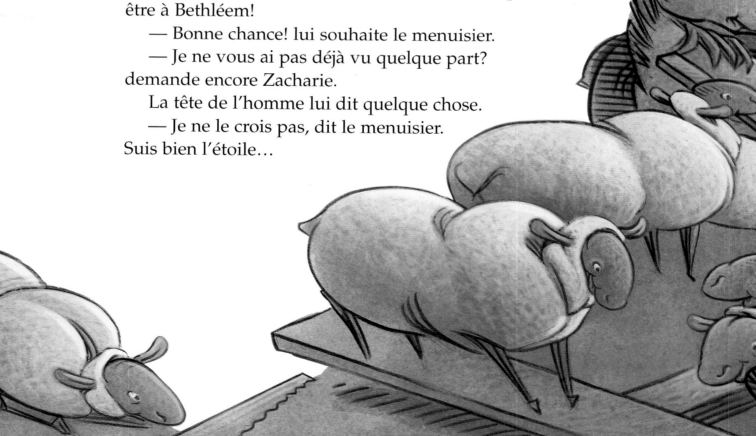

Zacharie suit toujours l'étoile. Mais soudain surgit de l'ombre une bande de brigands.

— Tes moutons! crient-ils en faisant tourner leurs gourdins.

— Vous ne pouvez vouloir mes moutons! dit Zacharie, ce sont les moutons les plus idiots de la terre.

— Nous les voulons quand même! hurlent les bandits en s'élançant sur Zacharie.

— Filez! gronde une voix sonore.

C'est celle d'un homme vêtu d'une grande cape, armé d'une brillante épée.

— Déguerpissons! crient les bandits terrorisés en s'enfuyant dans l'ombre.

— Je vous remercie beaucoup, dit Zacharie.

— Tu n'as pas à me remercier, dit l'homme à la cape.

— Je suis sûr de vous avoir déjà vu, dit Zacharie.

Il reconnaît ses yeux. Ces yeux-là, il les a déjà vus.

— Suis bien l'étoile, dit l'homme avant de disparaître.

Zacharie suit encore l'étoile qui grossit, grossit toujours. Il est convaincu d'être tout près du but.

Il se retrouve alors au pied d'une colline tellement abrupte que les moutons tombent et s'écroulent sur le sol, sans pouvoir l'escalader. Ils bêlent à pleine voix sous le ciel étoilé.

Zacharie veut pleurer. Il s'assoit sur un mouton et prend sa tête à deux mains. Il n'arrivera jamais à Bethléem.

— Des problèmes? lui demande une voix.

C'est un petit garçon pauvrement vêtu.

— Mes moutons ne peuvent pas gravir la colline, lui dit Zacharie. Si au moins je pouvais les prendre sur mon dos! Mais je suis trop fatigué et ils sont trop nombreux.

— Il vous faut une fronde, dit l'enfant.

— Une quoi? dit Zacharie.

— Nous installerons une fronde géante entre ces deux arbres et nous lancerons les moutons au sommet de la colline. Je l'ai déjà fait.

— Ça vaut la peine d'essayer, dit Zacharie.

Les deux garçons accrochent un long morceau de cuir entre les troncs de deux arbres et l'étirent vers l'arrière.

Zacharie installe le premier mouton.

Le garçon lâche la bande de cuir et le mouton se retrouve catapulté, bêlant bêtement, au sommet de la colline.

— Ça marche! crie Zacharie.

L'un après l'autre, les moutons s'envolent vers la colline.

Du haut de ce promontoire, Zacharie découvre à ses pieds la ville de Bethléem.

— J'ai réussi! dit-il au garçon. Sans toi, je n'y serais jamais arrivé.

— Pensais-tu que nous t'avions oublié? dit doucement l'enfant. Les autres m'ont chargé de te retrouver.

— Eh! crie Zacharie. Je suis sûr de t'avoir déjà vu. Tu as les yeux du vieil homme, ceux du menuisier, ceux de l'homme à la grande cape…

L'enfant se dépouille alors de ses pauvres vêtements. Il ouvre ses ailes et s'élève dans le ciel, laissant derrière lui un brouillard lumineux. Une merveilleuse odeur traverse la nuit.

— Tu es un ange! s'écrie Zacharie. J'ai vu un ange!

— Ça, ce n'est rien! dit l'ange en riant du haut de son ciel. Attends de voir ce qui t'attend à Bethléem.

— Encore plus que ça? demande Zacharie

— Beaucoup plus! dit l'ange, dont la voix ressemble aux carillons et aux hautbois. Tu trouveras dans une étable la raison de ton voyage. C'est une merveille, une sorte de merveille qui va changer le monde.

— Et comment vais-je trouver la bonne étable? demande Zacharie.

Mais il connaît déjà la réponse.

Il lève les yeux vers le ciel et aperçoit l'étoile.

Il n'a plus qu'à la suivre.

Luc, chapitre 2, 8-14

*O*r, dans ces parages, veillaient des bergers, qui, toute la nuit, se relayaient la garde de leurs troupeaux. Tout à coup, l'Ange du Seigneur se dressa devant eux, tandis que la lumière de Dieu les enveloppait; ils furent saisis d'une grande frayeur.

«Ne vous effrayez pas, dit l'Ange, car je vous apporte la nouvelle d'une grande joie, une joie pour tout le peuple : Aujourd'hui, dans la cité de David, un Sauveur vous est né; c'est le Christ Seigneur!

Vous le reconnaîtrez à ce signe : vous trouverez un nouveau-né, enveloppé de langes et couché dans une crèche.»

Et soudain, une foule d'autres anges se joignit au premier; tous chantaient les louanges de Dieu :

«Gloire à Dieu au plus haut des cieux; et sur terre, paix pour les hommes qu'il regarde avec amour!»